W0291309

Cellule dormante

Éditions Favre SA
29, rue de Bourg – CH–1003 Lausanne
Tél. : (+41) 021 312 17 17
lausanne@editionsfavre.com
www.editionsfavre.com

Groupe Libella

Dépôt légal en Suisse en juin 2024
Tous droits réservés pour tous pays.
Sauf autorisation expresse, toute reproduction de ce livre, même partielle, par tous procédés, est interdite.

Avec le soutien de la République et canton de Genève.

Avec le soutien de:

REPUBLIQUE
ET CANTON
DE GENEVE

POST TENEBRAS LUX

Mise en page : Katia De Conti

ISBN : 978-2-8289-2117-0
© 2024, Éditions Favre SA, Lausanne, Suisse.

Les Éditions Favre bénéficient d'un soutien structurel de l'Office fédéral de la culture pour les années 2021–2024.

Christian Lecomte (texte)
Jean-Philippe Kalonji (illustrations)

Cellule dormante

FAVRE

J'ai tué le roumi.

Roumi ça vient de l'arabe rûm, ça veut dire Rome, la citadelle des chrétiens. Le roumi s'appelle comme ça parce que son père est français et sa mère guadeloupe.

Je voulais juste le bouler mais il est tombé raide mort. Peut-être qu'il était souffrant du cœur.

Quand je suis rentré dans la tour, je suis allé direct dans les toilettes et j'ai vomi. Petite yemma[1] repassait dans le salon. Elle a dit que j'avais l'air fatigué.

«Tu es tout vidé oulidi[2]», elle a répété. C'était tout le contraire. Mon cerveau était tout rempli du souvenir de la mort du roumi. Je suis allé dans ma chambre pour lire un Tom et Jerry. Les kho[3] du quartier trouvent nase que je lise ça. Eux ils ont des Game Boy. Petite yemma n'a a pas assez d'argent pour m'en acheter une.

[1] maman
[2] fils
[3] frères

Elle veut d'abord qu'on soit bien habillés et qu'on mange de la viande de mouton un jour sur trois et qu'on ait des livres d'école presque neufs. Pour mes Tom et Jerry, elle les achète aux soldes du Secours catholique.

Samia fumait sa cigarette du soir dans les toilettes. Elle a tiré la chasse d'eau pour envoyer la fumée dans les tuyaux. Petite yemma sait qu'elle fume mais elle ne dit rien. Elle pense tout le temps aux ménages qu'elle fait dans les bureaux. Si elle oublie un flocon de poussière sous une armoire, elle est avertie et si elle est avertie trois fois elle est virée. Petite yemma, le soir, elle pense au lendemain. C'est une question de survie économique pour elle, Samia et moi.

Samia m'a regardé avec des yeux noirs.

« Toi tu as une tête à avoir fait une connerie !

– J'ai tué le roumi.

– C'est quoi cette histoire ?

– Le roumi il est raide mort ! »

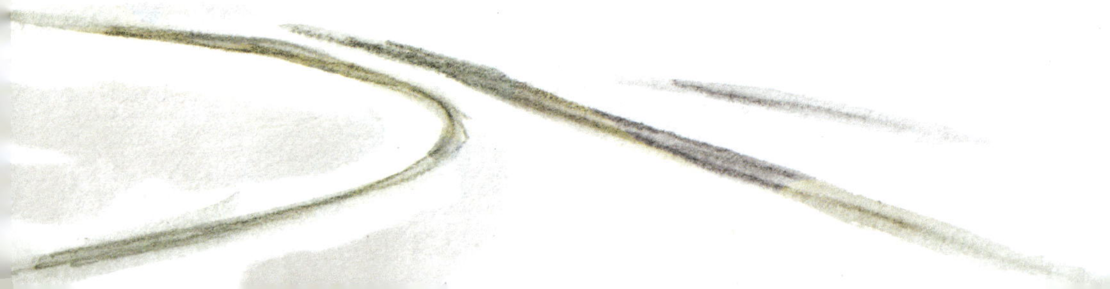

Samia a bien vu que je racontais du sérieux. Elle m'a poussé dehors, sur la terrasse.

J'ai vu au loin le soleil qui descendait sur les tours. C'était de la magie, comme une lumière rouge qui coulait sur toute la cité.

Samia m'a secoué :

« Raconte et oublie rien. »

J'ai pleuré. Mon cœur se vidait. J'ai dit avec des virgules de sanglots :

« C'était pour mon plan de l'honneur et de la vengeance. J'ai boulé le roumi à cause de ce qu'il t'a fait. J'ai foncé avec ma tête sur sa poitrine et je l'ai boulé.

– T'es sûr qu'il est mort ? Tu connais quoi aux morts toi ?

– Il avait pas de pouls, il était dans les vapes, il respirait plus. Son cœur a cassé. »

J'ai encore regardé la peinture du soleil. Elle avait presque fini de dégouliner entre les immeubles.

« C'est quoi cette histoire d'étranglé ? »

Je lui ai raconté que les soupçons de la police seraient sur moi parce que dans la cité tout le monde sait que je suis un bouleur. C'est à cause du coup de boule de Zidane sur Materazzi à la finale de la coupe du monde. Zinedine c'est un Kabyle berbère comme Petite yemma, Samia et moi. Là-bas ils disent *ulach smah ulach* et ça veut dire « pas de pardon ». C'est pour ça que Zinedine a boulé Materazzi parce qu'il a insulté sa sœur. Les Kabyles berbères ne peuvent pas laisser faire ça, surtout dans la télévision de la coupe du monde.

J'ai dit à Samia :

« Je sais ce qu'ils t'ont fait dans la cave. Ils t'ont ken à plusieurs. J'ai boulé tous ceux qui t'ont ken. »

Elle m'a foutu une baffe.

« Ce ne sont pas tes affaires tout ça, merde !

– Si, parce que tu es ma sœur. C'est mon plan de l'honneur et de la vengeance. Il restait le roumi à bouler. Mais il a pas tenu le choc et il est mort. Je l'ai étranglé pour brouiller les pistes. »

Samia a eu de drôles de choses qui ont brillé dans ses yeux, comme des petits cristaux. Une larme a coulé. Je l'ai séchée avec la manche de mon pullover. Samia m'a serré très fort. Son cœur et le mien, ils ont été ensemble comme le galop de deux algazelles du Sahara.

Elle a dit :

« Viens Nassim, on monte sur les étoiles. »

Âme sœur
Étoile algazelle
Quand tu dors
On est mieux
On est morts

Ma cité en terrasses est une dune
Je vois le désert
Du Tassili n'Ajjer
Papa là-bas a construit la lune

C'est là-haut que je m'endors. Samia connaît le chemin. C'est la seule personne d'humain dans le monde capable de ça. Elle choisit une étoile, elle la tire vers nous, l'étoile arrive et on monte dessus. On vole au-dessus de l'immeuble, puis de la cité, puis de la ville, jusqu'à l'océan algérien. On se raconte ce qui apparaît et disparaît.

On monte et on voit tout de plus en plus tout petit. Quand c'est tellement minuscule que ça devient invisible, Samia dit que les yeux ont bien fait leur travail et que maintenant il faut les laisser tranquilles. Il faut les fermer. Je m'endors avec ma tête dans les cheveux noirs et doux de Samia.

Le lendemain, ça parlait partout de la mort du roumi. Samia m'a lâché devant le portail de l'école avec un peu de regret. Petite yemma ne peut pas venir parce qu'elle commence les ménages de poussière à 6 heures.

Samia m'a dit de ne pas me mêler de ce que les gens disaient. Juste m'intéresser comme tout le monde pour ne pas être suspect. J'ai écouté. C'était horrible. La maman du roumi était devenue dépressive, son papa il avait été sidéré et son frère voulait le venger. La télé a filmé l'école du roumi. Ils posaient des questions aux gens sur les trottoirs, n'importe qui, le premier venu.

Le maître a dit dans la classe qu'on peut retrouver les coupables avec les témoins, les empreintes et l'ADN. Pour les témoins et les empreintes, j'étais OK. Personne n'avait vu le coup de boule et puis j'avais frotté le cou du roumi avec un kleenex comme dans les films. Mais j'avais pas pensé à l'ADN. Je me suis mis à pleurer. Ça coulait beaucoup. Le maître m'a envoyé à l'infirmerie. Avec l'infirmière, il y avait une dame de la cellule psychologique. Elle s'est présentée comme ça. Moi, j'ai surtout entendu le mot cellule qui veut dire prison. J'ai poussé tout le monde dedans et j'ai détalé.

Je me suis retrouvé vers les commerces. Des vieux faisaient des commissions et des policiers suivaient des pistes. J'aurais bien voulu voir Samia ou Petite yemma mais Samia est dans un établissement surveillé de jour et Petite yemma est congédiée si elle commence à mélanger ses problèmes personnels avec les flocons de poussière.

Il restait papa qui est au cimetière à cause du cancer du poumon. Je dis souvent à Samia de ne pas fumer pour ne pas elle aussi avoir mal au cancer du poumon. Elle s'en fiche. J'ai pris le métro, le bus et mes pieds pour aller au cimetière. J'ai trouvé papa dans le carré des Kabyles. Il regardait vers La Mecque. Je me suis assis et je lui ai tout raconté. J'ai encore beaucoup pleuré. Et puis j'ai mis les paumes de mes mains sur ma figure et j'ai attendu que la main de papa se pose sur ma tête pour qu'il bénisse son enfant. Mais elle n'est pas venue. Je sais que papa est mort mais on doit sentir quelque chose comme un message ou un peu de vent.

Il fallait que je me sorte de là. Faire des excuses comme Zinedine. À la télé, il a dit aux enfants du monde entier de ne pas l'imiter, que ce n'est pas bien de cogner même si on ne peut pas laisser sa sœur être traînée dans la boue des caves.

Les oiseaux quand ils sont morts on les enterre dans le ciel ?

Hier le cimetière
A recueilli
La prière à mon père
L'homme là-haut, aluni

Samia a dû tout raconter à Petite yemma. C'était trop grave. Maman est devenue plus blanche que l'évier. Elle a serré sa poitrine en parlant très vite en kabyle. Et elle a tourné en rond en se donnant des gifles comme pour se réveiller d'un rêve de cauchemar. Et puis elle a frotté son visage avec de l'huile d'olive de Tizi Hibel, le bled où elle est née. Elle ne nous regardait plus. On était devenus sa honte.

Samia fumait sur la terrasse, dans un coin pour que personne ne la voie. Une fille de la cité qui fume, c'est une couchante ils disent.

Petite yemma nous a rejoints sur la terrasse et elle a arraché la cigarette de Samia. Et elle a fait une chose incroyable: elle a pris une taffe. C'était super péché. Samia était tétanisée parce que Petite yemma est très vertueuse. Elle travaille tôt le matin, après elle fait les achats et elle rentre dans la tour. Le vendredi elle va au hammam avec des copines, c'est le seul moment rien que pour elle. Des fois, elle prend le café avec les cornes de gazelle sur la terrasse mais elle déroule le rideau pour que personne ne la voie. Rideau en arabe algérien ça se dit sitar, c'est un mot qui veut dire aussi pudeur. Les femmes comme Petite yemma ont été éduquées avec la pudeur dans les douars[1] kabyles.

[1] villages

« Maman, s'il te plaît, jette la garo[2] », a supplié Samia.

Petite yemma l'a jetée mais avant elle a fait quelque chose au ralenti pour qu'on n'oublie jamais : elle a tiré une taffe longtemps et elle a écrasé le côté qui fumait dans sa main. On ne l'a pas entendue crier parce qu'elle a hurlé à l'intérieur d'elle-même. Samia m'a dit après qu'elle s'était punie. C'était à cause de son éducation d'enfance. Dans les douars, on apprend aux filles qu'elles vont être coupables de plein de choses toute leur vie comme la tristesse des hommes quand ils n'ont pas de travail ou même les tremblements de terre à cause de Dieu qui punit tout le monde parce que les femmes ne se voilent pas et qu'elles travaillent au lieu de rester à la maison.

Petite yemma a téléphoné à l'imam Abdelkrim. C'est lui qui m'a raconté tout ça parce que Petite yemma ne nous parlait plus. Il est venu à la tour avec d'autres hadj[3]. Ils ont dit qu'ils allaient nous emmener Samia et moi jusque dans un navire qui était garé à Marseille.

[2] cigarette

[3] anciens, qui ont fait le pèlerinage à La Mecque

Je ne voulais pas lâcher Samia. Je pleurais encore, en silence. Elle caressait doucement mes cheveux.

Un autre homme est arrivé. Il est connu. C'est le président de l'association de Tizi Hibel, il est aussi le directeur de la ressource humaine de Peugeot. Il est riche parce qu'il envoie en douce en Kabylie des pièces détachées d'occasion comme des pistons, des vis platinées, des gicleurs, des pneus et même des volants avec des peaux de léopard tout autour.

C'était le début de la nuit. Il y avait deux grosses valises dans le couloir. Petite yemma les avait préparées. Mais on ne la voyait pas. L'imam Abdelkrim a dit que j'irais chez les oncles de Tizi Hibel parce que la police allait forcément remonter jusqu'à moi. Et Samia elle irait chez des tantes dans un autre douar. Avec le directeur des ressources, il allait nous emmener en voiture jusqu'à la mer. On allait monter et descendre du bateau en illégal. Le directeur connaît des douaniers des deux côtés de l'océan algérien à cause de son business. Ils ont dit qu'on allait quitter la France en clandestin et entrer en Algérie comme des rois parce qu'on était des migrés.

On est montés à l'arrière de la voiture. Samia s'est blottie contre moi. Elle était devenue toute petite comme une petite sœur. J'avais pris mon Tom et Jerry préféré. Il y avait une histoire dessinée sur deux pages. J'ai déchiré la première page et je l'ai donnée à Samia. Je lui ai dit que si elle voulait connaître la fin de l'histoire, il fallait qu'elle me retrouve parce qu'on allait peut-être se perdre à cause de l'Algérie qui est le pays le plus grand d'Afrique.

Elle a pris la page et l'a mise dans son soutif.

Quand la voiture a démarré, je me suis retourné pour dire au revoir à ma rue et les tours. Tout à coup, j'ai vu dans le brouillard le rideau-sitar qui volait bizarrement comme un oiseau qui aurait une aile en moins.

Et puis le rideau-sitar s'est transformé en silhouette d'humain emporté par les airs. C'était Petite yemma enveloppée dans un drap blanc. Elle avait sauté de la terrasse. Elle volait au ralenti comme dans les films d'action pour que les gens comprennent bien ce qui se passait. Je n'ai rien dit à Samia. J'ai gardé ça pour moi pour croire un jour que c'était juste un mauvais coup de mon imagination.

Je tenais fort la main de Samia. C'était presque le matin et il fallait courir jusqu'au bateau. Ce n'était pas encore l'océan algérien. C'était la mer, à Marseille.

Je savais ce qu'ils allaient faire avec Samia. Les kho du quartier disent que les filles qui déraillent sont mariées à des cousins du bled pour les remettre sur les bons rails. Je voulais dire à Samia qu'il fallait s'enfuir mais c'était trop tard parce que le bateau nous a mangés.

Les anges
Bruissent aux paupières
Derrière, il y a des océans
L'âme en vagues-et-vient
Sourde écume

Algérie, un an plus tard

Quand je vais voir Natacha, je prends l'allée des Dragonniers et je cours à fond les yeux fermés pendant deux cents mètres. L'allée des Dragonniers c'est comme un tunnel avec des branches de chaque côté qui font des nœuds amoureux. Baba saha dit qu'un jour je ne vais pas m'arrêter et je vais me noyer dans l'océan algérien qui est tout au bout du jardin du Hamma.

Baba saha parle avec ses mains et ses yeux parce qu'il est muet. Ça me fait une compagnie d'handicapés parce que Natacha est bigleuse de vieillesse. C'est une ourse toute noire. Avant, il y avait un zoo au Hamma. Mais quand l'armée a fait la guerre aux islamistes du Salut, le Hamma a été fermé parce que les barbus se cachaient dedans.

Plein d'animaux abandonnés sont morts comme Farid le lion de l'Atlas et Jacqueline la crocodile. Baba saha les a mis dans le congélateur du laboratoire du zoo pour qu'ils soient empaillés un jour.

Baba saha est l'homme à tout faire du Hamma. Il s'occupe de Natacha, il enlève les mauvaises herbes et il balaie les allées. Le Hamma, c'est son bled. Le ministre du Patrimoine qui lui donne des ordres ne vient jamais le voir. Alors il est tranquille. Et je lui tiens compagnie depuis que la Katibat[1] salafiste al-Ansar m'a recruté pour un travail de nuit.

[1] bataillon islamique

On vit dans un arbre creux avec Baba saha. C'est un vieux baobab qui a poussé à l'envers. Dedans, on a mis des matelas, une armoire de la brocante de Belouizdad, une bouteille de gaz et deux plaques de chauffage en inox. C'est notre chez nous. Quand la nuit tombe, on mange des haricots blancs au cumin et au concentré de tomates. Baba saha s'endort vite en pensant au désert d'El Ménéa où il est né. Moi je vais dans la cage de Natacha avec de la fougère et des fourmis pour son repas. Et elle m'écoute raconter ma vie. Elle est comme Samia, elle m'emmène sur les étoiles de nuit.

Samia est loin, je ne sais pas où.

Ils ont voulu la marier avec un cousin de Tizi Hibel.

Alors elle a sauté d'une falaise à Dellys, dans l'océan algérien. Elle ne s'est pas noyée. Elle s'est envolée.

Comme Petite yemma.

À 4 heures du matin, Baba saha me réveille et on part au redma. Ça veut dire travail en arabe algérien. Je mets une veste et un pantalon en tergal. Baba saha enfile un burnous[1]. On prend chacun une valise pour mettre les extincteurs pour la Katibat al-Ansar. On les vole dans les bureaux et dans les sociétés privées comme Nedjma qui vend des téléphones pour les gens qui veulent être portabilisés. Notre tenue c'est du camouflage. On dit à la police de nuit qu'on va prendre un taxi collectif à la Pêcherie pour aller à Tizi Ouzou à la fatiha[2] d'un cousin. La Katibat m'a donné la mission de voler des extincteurs parce que je parle un français propre comme la tchitchi[3] d'Alger, sans l'accent du vent.

[1] manteau en laine de dromadaire
[2] prière pour les fiançailles
[3] jeunesse dorée d'Alger

Donc les gens ne se méfient pas. Le jour je fais des repérages. Je vais dans les bureaux et je dis que je prépare un devoir pour mon école sur les mesures d'hygiène et de sécurité dans le milieu du travail. Comme ça je peux aller dans les sous-sols, je repère s'il y a un soupirail qui donne dans la rue, je le coupe avec une mini-scie. La nuit je donne un coup de pied, ça pète, j'entre et je récupère l'extincteur. Baba saha surveille dehors. Après on cache les extincteurs dans la volière d'Hector qui était un vieux condor. Quand il y a une dizaine d'extincteurs dans la volière, je monte en téléphérique à Riad El Feth qui est un monument qui ressemble à une banane à moitié épluchée. Je vais chez le marchand de souvenirs. C'est un indic de la Katibat. J'achète deux cartes postales et je lui en rends une avec écrit dessus le nombre d'extincteurs à récupérer dans la nuit. Avec Baba saha, on met les extincteurs dans un coin du Hamma près de la forêt de bambous là où il y a un trou dans le grillage. Des moudjahidin[4] de la Katibat passent les prendre dans la nuit.

[4] combattants

Les extincteurs, ça sert à piéger les cadavres. C'est une ruse.

Après une embuscade, la Katibat al-Ansar envoie des enfants ramper comme des couleuvres jusqu'aux cadavres. Ils mettent les extincteurs sous pression remplis d'engrais sous les morts. Quand les taghouts[1] de l'armée déplacent les cadavres, ça explose. Après l'émir Abou Yahia Ibrahim crie que Dieu est grand.

[1] infidèles

Tout le monde répète ça et ça résonne fort dans le djebel Koukou, là où la Katibat al-Ansar dit que c'est le commencement du nouveau monde islamique algérien.

J'ai été piégeur de cadavres. J'étais même le meilleur, a dit l'émir Abou Yahia Ibrahim. C'est pour ça que je me suis retrouvé au jardin du Hamma avec Baba saha, c'était pour me récompenser et me donner plus de responsabilités.

Je me souviens quand je suis arrivé à Alger avec le bateau. Samia et moi on avait déjà été séparés parce qu'elle a voyagé avec les femmes clandestines et moi avec les hommes clandestins, des types comme moi qu'on envoyait se faire oublier au bled.

Un oncle qui s'appelait Djilali m'a emmené en voiture en Kabylie à Ain El Hammam. C'est le village du début de la montagne. Il y avait plein de virages et j'ai vomi un peu sur les baskets Nike de l'oncle Djilali. Elles étaient toutes neuves alors il m'a dit qu'il fallait que je le rembourse.

« Je n'ai pas d'argent, je lui ai dit.

– L'argent, ça se gagne », il m'a répondu.

Le village était pauvre mais les oncles et les tantes étaient heureux. Ils n'étaient pas seuls comme Petite yemma dans l'appartement de la tour. Les gens du bled étaient ensemble. Il y avait toujours quelque chose à faire à plusieurs comme cuisiner l'omelette kabyle, fabriquer l'huile d'olive et aller à la mosquée.

Le matin ils me mettaient devant la télé mais c'était des vieux dessins animés coréens traduits en arabe égyptien. Je comprenais rien. Les tantes me donnaient à manger et elles pinçaient ma joue et puis elles embrassaient leurs doigts. J'étais leur oulidi migré qui portait la chance. Les enfants me regardaient bizarrement. Ils ne parlaient pas français sauf pour dire Zinedine Zidane, tourifel et nique ta mère. Le soir, les oncles me mettaient un burnous et on se promenait dans le village comme tous les hommes. Le vendredi, on allait au hammam quand c'était l'heure des garçons. Ils pensaient qu'après eux il y aurait ici plein de filles du village nues alors leur zobu devenait raide. Le masseur il pschittait de l'éther dessus pour les calmer.

Éclat de Kalach
Fait tache
De sang
Dans les nuits Bataclan
Et les rêves partis

Les armes
Tirent des larmes
À l'œil du quidam
Assis au Petit Cambodge
Ce soir-là à Paris
En automne

C'est dans la maison des oncles et des tantes que j'ai connu Issam, un cousin clandestin beaucoup plus vieux que moi. Il est arrivé de nuit de France avec une valise et le Coran écrit en français. Il était technicien en informatique et il habitait à côté du lac Léman qui appartient des fois aux Français des fois aux Suisses selon comment souffle le vent.

C'est la première personne qui faisait vraiment attention à moi. Je lui ai raconté mon histoire du roumi boulé et il m'a dit qu'on était presque frères parce que lui avait voulu transpercer avec un coupe-chou le cou d'un Américain de l'ONU à Genève. Mais il a raté. La filière lui a fabriqué un faux passeport et elle lui a trouvé une place de clandestin dans un bateau.

« C'est quoi un coupe-chou ? je lui ai demandé.

– Ça sert à raser la barbe et à couper la carotide des taghouts.»

Il m'appelait mon frère et ça me faisait chaud au cœur. Il ne fallait pas que je raconte cette histoire de coupe-chou car, pour lui, la famille ici c'était des musulmans light et il n'avait pas confiance.

« Il y en a même qui boivent de l'alcool, c'est haram[1] », il m'a dit.

Un soir, il m'a raconté qu'il allait rejoindre les combattants du djebel Koukou. Je lui ai demandé s'il allait gagner de l'argent là-haut.

« On est nourris, on a une tente, un couchage et mille dinars par mois. Tu as besoin d'argent mon frère ? »

Je lui ai expliqué que j'avais des dettes et que Petite yemma nous a toujours dit de ne pas en avoir.

« Monte avec moi », a proposé Issam.

C'est comme ça que je suis allé au djebel Koukou pour rembourser les baskets Nike de l'oncle Djilali pleines de vomi. Et puis pour la première fois dans ma vie j'ai fait du camping.

[1] illicite

C'est là-haut qu'ils m'ont appelé Tom algéri. À cause d'un moudjahid qui avait volé ma page de bande dessinée de Tom et Jerry. Il l'a montrée à l'émir Abou Yahia Ibrahim et il lui a dit que c'était haram parce que c'était américain. Mais l'émir a été de mon côté :

« Rends-lui son Tom algéri, ça lui appartient. C'est un bon moudjahid. Il explose bien les cadavres. »

Les autres moudjahidin ont rigolé et ils ont répété Tom algéri Tom algéri et c'est devenu mon nom dans le djebel Koukou.

Issam me disait :

« 500 dinars le macchabée en morceaux, oublie pas ça. Tu en éclates dix et tu as remboursé les Nike Taiwan de merde à l'autre connard. »

Un soir, on est descendus du maquis et on a coincé l'oncle Djilali dans une rue à Ain El Hammam. Issam lui a posé
le coupe-chou sous la gorge.

Je lui ai mis les dinars dans sa poche et Issam lui a dit d'apprendre à courir très vite avec ses godasses toutes neuves à cause de Tom algéri qui avait souvent la nausée. L'oncle Djilali a chialé et il a pissé dans son sarouel.

Je savais que je faisais des choses que les gens de chez moi dans la cité n'imaginaient même pas en cauchemar. J'y arrivais en prenant du Capta. C'est un médicament pour se sentir tout puissant et pour lutter contre la faim et le sommeil. Les moudjahidin en avalaient plusieurs quand ils montaient des faux-barrages pour liquider les militaires et les flics. Moi je prenais la moitié d'un Capta pour piéger les cadavres. Issam avait droit à des doses spéciales parce qu'il était devenu le coupe-tête de la Katibat al-Ansar.

« Mon frère regarde, il me disait, je gobe cinq bonbons et je suis comme le serpent. Tu as vu mes yeux ? Ils paralysent et tu n'as plus qu'à passer la lame comme tu râpes du beurre. »

C'est parce que j'ai été un bon combattant que l'émir Abou Yahia Ibrahim m'a envoyé au Hamma aider Baba saha à voler des extincteurs. Un moudjahid déguisé en marchand d'oignons m'a emmené à Alger dans sa 504 Peugeot camionnette.

Baba saha, au début, ne s'intéressait pas à moi. J'étais comme un arbre de plus dans le Hamma. Il faisait la cuisine pour nous deux, lavait mes vêtements le vendredi et on faisait les prières ensemble. C'est au djebel Koukou que j'ai appris à prier. Baba saha avait la zebiba, c'est la marque sur le front des gens qui font la prière tous les jours toute leur vie.

Issam m'a dit que le front touche le sol trente-quatre fois par jour quand on fait toutes les prières et toutes les prosternations. Ça laisse des traces, forcément.

Sur un vieux panneau d'information, c'était écrit qu'il y avait dans le Hamma la statue de la Baigneuse. Je l'ai cherchée parce que ça m'a rappelé Samia. Samia aimait bien aller se baigner à la piscine. J'ai demandé à Baba saha où était la Baigneuse. Il a haussé les épaules et a continué à pousser sa brouette.

« Elle est plus là ? Quelqu'un l'a volée ? » je lui ai demandé.

Je l'ai suivi. On est allés dans le service d'empaillage des animaux. Il y avait une table d'opération d'hôpital et dessus quelque chose couvert d'un drap. Baba saha a tiré le drap et c'était la Baigneuse. Elle était nue. Je voyais ses laranja et sa pastèque. C'était du porno. Les musulmans interdisent ça. Baba saha a écrit avec de la craie sur un tableau des mots pleins de fautes. Ça voulait dire qu'il avait caché la Baigneuse pour que la Katibat ne la décapite pas et puis la mette en morceaux.

« Mais toi aussi tu es un islamiste, t'es de la Katibat al-Ansar, pourquoi tu as caché la Baigneuse à poil ? »

Baba saha a écrit Béneuse ma fam.

« Ta femme c'est la Baigneuse, tu la niques ? »

Il a écrit nikab et il l'a voilée complètement avec le drap.

On a vécu
longtemps ensemble avec
Baba saha, souvent dans le silence. J'aimais
bien cette vie avec le redma la nuit et le jour les promenades avec Natacha. Quand il y avait congé, on allait chez la Baigneuse à poil et il m'apprenait l'alphabet arabe sur le tableau.

Un jour il a dessiné le désert et un vieux château cassé au milieu. Il a écrit *ksar* en montrant le château. C'était son bled. Il a dessiné des bonshommes maigrichons et un petit bonhomme et j'ai compris que c'était lui quand il était enfant. C'était la guerre parce que les bonshommes maigrichons étaient attaqués par des bonshommes casqués qui avaient des fusils. Les maigrichons étaient tous morts. Le petit bonhomme restait tout seul.

J'ai compris que Baba saha m'avait raconté la guerre de l'Algérie contre les roumis français, il y a longtemps. Il m'a montré sa bouche en faisant un drôle de geste comme s'il tirait sur une fermeture éclair. Baba saha ne parlait plus à cause de ça, de la guerre qui avait coincé sa parole.

Baba saha était un traumatisé de l'enfance et je me disais que s'il était avec la Katibat al-Ansar c'était pour se venger des roumis et des amis des roumis comme les taghouts algériens.

Un matin, il y a eu du bruit dans le Hamma. Des gens étaient entrés. Ils parlaient en français. Je me suis caché et j'ai écouté. Un homme a dit à un Algérien en costume-cravate que l'Unesco allait aider l'Algérie à faire des gros travaux de nettoyage pour rouvrir le Hamma au public.

J'ai compris que c'était grave pour Baba saha, Natacha et moi.

Je suis monté à Riad el Feth pour parler au marchand de souvenirs et de cartes postales.

« Reviens dans deux jours, même heure», il a dit.

Je suis revenu et Issam était là. Il était habillé comme la tchitchi avec une chemise blanche, un jeans et des Nike. Il m'a serré fort dans ses bras. Il a dit :

« On va faire des grandes choses tous les deux. On va être taqija, des cellules dormantes. »

Il m'a emmené en taxi collectif à Bab el Oued qui est un quartier où il y a beaucoup de frères musulmans. On a été faire des photos chez un type qui a un studio. Issam m'a dit de l'attendre là. Une heure après, il avait pour moi un passeport algérien, un visa pour la Suisse et un billet d'avion pour Genève. Le nom sur le passeport c'était Tom algéri.

Issam m'a donné 1000 euros et il a dit que quelqu'un m'attendrait à l'aéroport à Genève, un frérot qui m'aiderait à mon arrivée et qui ensuite ne me contacterait plus jamais.

« C'est moi qui te contacterai un jour, dans trois mois ou dans un an. En attendant, tu dois vivre là-bas à l'européenne, tu joues l'intégré. Jusqu'au jour où je te fais signe et alors on fera tout péter, a encore dit Issam.

– Et Baba saha ? je lui ai demandé.

– L'émir Abou Yahia Ibrahim a un grand dessein pour lui, le plus beau, mourir en chahid[1]. »

Je suis retourné au Hamma. J'ai pleuré toute la nuit dans la fourrure de Natacha et puis dans le burnous de Baba saha. Il me regardait comme un grand-père qui ne verrait plus son petit-fils. Il était volontaire pour balancer une camionnette 504 Peugeot bourrée d'explosifs dans une caserne, du côté de Bouira.

Et il s'est passé quelque chose d'incroyable. Pour la première et la dernière fois j'ai entendu la voix de Baba saha. Il a dit :

« *Allahou Akbar mé ji vé* avec Natacha et la Béneuse ma fam. »

[1] martyr

Depuis six mois, j'habite, la nuit, dans le cagibi de veille du Gai Logis du Bon Repos. Sauf le week-end parce que je ne travaille pas. Je dors dans ma chambre des Pâquis qui est un quartier de Genève pour les jeunes multiethniques de toutes les couleurs.

Le Gai Logis du Bon Repos est une maison pour les seniors-résidents. Mon travail consiste à fermer les portes le soir, à les ouvrir si une ambulance vient chercher quelqu'un de malade ou de mort, à faire des rondes pour voir s'il n'y a pas de fuite d'eau ou d'électricité et secouer les soignantes des étages si elles dorment, ce qui est interdit.

Il y a quelqu'un au Gai Logis du Bon Repos qui est un peu comme Baba saha. Il s'appelle Jules Mirepoix et il est né en 1923. Il est maigre comme un bourricot kabyle. Il est programmé pour être centenaire disent les soignantes, parce qu'il a bloqué sa vieillesse.

La nuit il traîne ses savates jusqu'à mon cagibi. Il a ce qu'il appelle des insomnuits à cause de sa vie difficile. Toute sa famille a été emmenée il y a longtemps dans un train de la mort avec des chiens qui attendaient tout le monde dans un camp de concentration et puis ensuite les douches à gaz les ont tous tués, même les enfants. Lui, il n'avait pas été raflé parce que le matin où les nazis sont venus chercher sa famille chez lui à Paris, il était déjà parti à la pêche. Jules s'appelait Rafaël Smilanski mais il a changé de nom pour cacher qu'il était Juif. Des Français patriotes l'ont fait passer en Suisse. Après la guerre, il est rentré à Paris mais des gens vivaient dans son appartement avec des papiers réglementaires. Il a cherché ses parents, ses frères et ses sœurs mais la Croix-Rouge a dit qu'ils avaient tous été exterminés. Alors Jules est allé au bord de la mare où il pêchait pour se noyer. Il n'a pas eu le courage. Il est retourné en Suisse et il est devenu réparateur de pendules. Il ne s'est jamais marié et il n'a pas eu d'enfants. Il m'a dit qu'il a passé sa vie à tuer le temps parce qu'il n'a pas pu se tuer.

J'habite dans une rue avec des épiceries thaïlandaises et des filles qui vendent leur corps dans des vitrines. Mon pote Grand Cor des Alpes m'a dit de ne pas faire le beau devant elles à cause des souteneurs monténégrins qui sont susceptibles.

Grand Cor des Alpes est un migré érythréen. Les gens l'appellent comme ça parce qu'il mesure deux mètres et il siffle tout le temps quand il marche. Son pote c'est Mobido Touré qui est malien. Tous les deux ont été recrutés par le gang des Cumulus. Ils font la tournée des boîtes aux lettres déguisés en livreurs de tous-ménages et avec une pince à clamper d'infirmière ils piquent les enveloppes Migros qui contiennent les bons Cumulus. Ils donnent les paquets de Cumulus à Marcus qui est le videur du Pussy Cat Bar et ils ont un bon pourcentage. Marcus est le GOAT des Pâquis et il vaut mieux être son ami.

Grand Cor des Alpes et Mobido Touré viennent des fois chez moi. Je leur fais le couscous kabyle. Grand Cor des Alpes cuisine des galettes injera au bœuf et lentilles et Mobido Touré est le chef du poulet maffé. Il ne paie jamais ses poulets parce qu'il y a une marque à la Migros qui ne déclenche jamais l'alarme. Tous les migrés désargentés savent ça.

Une fois par mois, Magic Mimi Fati montait. Elle est sénégalaise et tapine en indépendante.

Elle gagne bien sa vie parce qu'elle connaît des recettes sexuelles comme le kankankan qui chauffe le zobu. Elle s'installe dans ma chambre et puis Grand Cor des Alpes y va et puis ensuite Mobido Touré et moi le dernier. Magic Mimi Fati a été la première femme de ma vie à m'accueillir en elle. Elle ne voulait pas d'argent, seulement une caisse de bière Primus et surtout qu'on rapplique en cas d'entourloupe dans sa piaule à cause de psychotiques pervers. On n'était pas des souteneurs, seulement des soudeurs disait en rigolant Grand Cor des Alpes.

Magic Mimi Fati aimait bien s'asseoir sur les hommes pendant l'amour mais moi je ne voulais pas. L'émir Abou Yahia Ibrahim nous avait dit que la meilleure position pour aborder la femme est de se mettre sur elle après l'avoir allongée sur le dos, avec des préliminaires de mots doux et des baisers. C'est pour ça que le Prophète appelait des fois la femme le lit.

Depuis que j'ai atterri en Suisse, je suis une cellule dormante qui ronfle fort parce que personne ne semble avoir besoin de moi.

L'émir Abou Yahia Ibrahim m'avait expliqué que je devais faire semblant d'être intégré pour duper l'ennemi et désintégrer les Croisés quand les ordres arriveraient. Je me cache en vivant comme tout le monde.

Le vendredi, je prends le train pour rejoindre Issam qui habite à Nantua, une ville de France à côté. Issam joue bien le taqija. Il dit téquila pour rigoler. Il est habillé en costume noir et en chemise blanche et il est employé à mi-temps dans une banque du Crédit Agricole.

Il s'appelle maintenant Mehdi Achour et il a un passeport français qui ne semble pas bidouillé. Il vit dans un immeuble de béton où il y a plein d'Africains du Nord.

Ils sont arrivés dans les années quatre-vingt parce qu'il y avait besoin de main-d'œuvre dans l'industrie du plastique. Ils ont logé dans une cité construite rien que pour eux avec des appartements de quatre pièces et une salle de bain et des toilettes. Pour eux c'était beaucoup mieux qu'au bled. Ils ont fait venir leurs femmes et ils ont fait des enfants qui à leur tour ont fait des enfants. Issam a compris que les petits-enfants des vieux Africains du Nord étaient à cran. Ils ressentaient la chouma[1] de vivre dans un ghetto de clapiers et ils n'avaient aucun avenir à cause du chômage et du racisme contre les rebeus.

Issam a joué au grand kho d'el houma[2] avec trois jeunes de la cité dont une fille. Il leur montrait des vidéos de Daesch. Il disait que le Califat de Daesch était en train de construire la terre promise en Irak et en Syrie. Et quand il y a eu Charlie Hebdo et l'Hyper Casher, il a expliqué que c'était le début de la fin des humiliations des vrais musulmans. Les ados qui étaient un peu paumés croyaient le dernier qui avait parlé et Issam parlait bien en dernier. La fille s'appelait Mouna et elle voulait aller se marier avec un jihadiste en Syrie et s'occuper des enfants devenus orphelins à cause des gaz chimiques de Bachar el-Assad et des bombes des avions occidentaux. Issam disait aux ados qu'avant la Syrie il fallait d'abord prouver la bonne foi sur la terre infidèle. Il les préparait à quelque chose.

Et puis enfin Issam m'a dit que je devais commencer à réveiller doucement ma cellule dormante. J'avais pour mission d'aller repérer un lieu où devait aller l'ambassadeur israélien aux Nations Unies de Genève.

[1] honte
[2] enfant du quartier

J'ai compris que les choses bougeaient en voyant des armes dans l'appartement d'Issam. Elles étaient cachées dans une penderie à manteaux. Il y avait trois Kalachs et deux pistolets, des semi-automatiques il m'a dit. Les Kalachs étaient arrivées par un camion dans un faux frigidaire à fleurs. Les pistolets, eux, étaient venus en pièces détachées cachées dans l'airbag d'une voiture. Il ne pouvait pas m'en dire plus, sauf que ça venait de Bratislava et qu'ensuite tout était remonté en Belgique.

Issam s'entraînait dans un coin perdu de campagne pas très loin d'un lac. Il avait calculé son coup parce que de juillet à janvier il y avait la chasse au gibier d'eau et il pouvait faire du bruit de rafales sans rameuter les gens.

Issam m'a demandé de visiter le château de Prangins, de jouer là-bas discrètement le touriste sans expliquer pourquoi.

« Tu regardes tout, tu enregistres dans ta tête les entrées, les sorties, le nombre de Securitas. T'occupes pas des caméras de la vidéosurveillance, maalich[1], on s'en fout. »

[1] ça fait rien, pas grave

Un samedi, je suis parti au château de Prangins avec Jules Mirepoix. Ça lui ferait une sortie et il me servirait de couverture parce qu'un rebeu tout seul dans un lieu du patrimoine suisse, ça fait bizarre et louche. Les gens penseraient que j'étais son petit-fils et on passerait inaperçus. Pour le convaincre, je lui ai dit qu'il y avait des vieilles montres rares à voir et que ça lui rappellerait son métier d'horloger. Il a accepté et la directrice du Gai Logis du Bon Repos m'a dit que c'était un acte de gentillesse que de promener un senior-résident en dehors des heures de travail. C'est un convoyeur bénévole qui nous a emmenés en voiture. Il y avait environ trente kilomètres et Jules était inquiet de voir tant de circulation et de paysages qui filaient vite.

Au château, il a voulu commencer par les montres du XVIIIe siècle. Il m'a dit que celles en coq de gousset étaient les plus belles. Je n'ai rien compris. Il y avait aussi une exposition de papiers peints et ça ressemblait à des rideaux de grand-mère. Moi, j'ai commencé à tout repérer pour Issam et j'ai compté quatre guides surveillants et deux gardes de la Securitas. J'ai photographié dans ma tête les portes, les fenêtres et les salles d'exposition.

Issam m'avait dit qu'il allait lui aussi repérer. Il avait vu que le jardin du château organisait un week-end appelé « Fleurs ouvertes » et il allait jouer à l'apprenti étudiant pépiniériste pour s'incruster.

J'ai retrouvé Jules au sous-sol où il y avait une exposition de photographies qui parlait d'égalité des droits et montrait les visages de quinze Juifs de Suisse qui avaient bien réussi dans la vie. Il y avait un médecin, un avocat, un marchand de bétail, un animateur de télévision, une commissaire de police, une escrimeuse et d'autres. J'aurais dû rester avec lui car pendant que je repérais, il a réussi à se faire inviter en douce à la réception de l'ambassadeur israélien aux Nations Unies de Genève qui allait venir voir les photographies avec sa délégation. C'était grave parce que le plan d'Issam était de rafaler tous les feujs[1] ce soir-là.

Alors pour sauver la vie de Jules Mirepoix, j'ai trahi grave Issam, l'émir Abou Yahia Ibrahim et l'État islamique au Levant, au Maghreb et ailleurs.

[1] juifs en verlan

Issam est passé à l'action dix jours plus tard avec ses trois combattants de la Katibat al-Islam Nantua. C'était le soir de la venue de la délégation feuj. Il m'a expliqué le plan mais je n'avais rien à faire. Je devais juste faire comme d'habitude, aller au travail au Gai Logis du Bon Repos. Le jihad avait besoin de moi comme taqija pour quelque chose de plus important après.

Issam et les trois ados avaient volé trois motos. Issam allait passer par la petite douane de Choully, les autres ailleurs. Issam avait mis sa Kalach dans une housse de guitare. C'est lui qui devait dézinguer la délégation feuje. Les trois autres allaient flinguer dehors les chauffeurs-gardes du corps avec des silencieux. Ils avaient enfilé des costumes et Mouna une longue robe noire et chacun avait un étui à violon pour faire croire qu'ils étaient des musiciens. En passant devant les body, Mouna devait faire semblant d'avoir pété un talon-aiguille et crier qu'elle avait mal. Les body auraient été moins sur leurs gardes et les deux autres les auraient percés à ce moment-là. Tout ça, ça a marché. Les body ont été liquidés. Mais Issam n'a pas eu le temps de rafaler dans le château à cause de moi. Parce que j'avais appris dans le cahier de transmission des veilleurs du Gai Logis du Bon Repos que Jules Mirepoix était de sortie au château de Prangins avec un convoyeur bénévole. C'était comme si je l'avais envoyé vers la mort. Je voyais Rafaël Smilanski qui cherchait sa respiration sous la douche à gaz et il criait avec des yeux gros comme des œufs d'autruche.

Alors j'ai appelé anonymement le 117 pour dire qu'un attentat allait avoir lieu au château de Prangins.

Les flics sont arrivés avant qu'Issam n'ouvre sa housse de guitare. Mouna et les deux ados ont été tétanisés et ils vont passer la moitié de leur vie en prison. Issam qui est bien préparé et très organisé a eu le temps de dégager et de rouler avec sa moto volée jusqu'au premier Califat venu parce qu'il avait fait le plein.

J'ai compris que faire le 117 depuis le Gai Logis du Bon Repos n'avait pas été une bonne idée. La police allait remonter jusqu'à moi. Mais il y avait urgence pour sauver Jules Mirepoix. J'avais déjà perdu Baba saha, je ne voulais pas perdre Jules Mirepoix.

J'ai quitté mon cagibi de veille, j'ai volé un vélo, je suis rentré chez moi. J'ai rempli un sac à dos avec plein de vêtements. J'ai retiré un maximum d'argent au bancomat de la gare de Cornavin. J'ai acheté un billet de train pour Paris, je suis passé lentement devant les caméras de la douane pour qu'ils voient bien mon visage et que la police croie que j'avais quitté le pays. Mais je ne suis pas allé jusqu'à Paris. Dans les toilettes du train, j'ai changé de vêtements et puis je suis descendu à la gare de Bellegarde avec un bonnet sur la tête. J'ai marché trois jours et trois nuits pour retourner à Genève. J'ai déchiré en morceaux mon passeport suisse et j'ai tout jeté dans le Rhône. J'étais crade et c'est ce qu'il fallait pour être invisible comme un clodo.

Je suis allé voir Marcus du Pusssy Cat Bar en passant par l'entrée des artistes. Il ne m'a rien demandé sur mon changement de look. Il sait que je suis mouillé dans l'histoire de Prangins parce que les flics ont remonté jusqu'à la piste du Gai Logis du Bon Repos et il y a ma photo dans les journaux. Magic Mimi Fati m'avait raconté que Marcus avait été hockeyeur professionnel et qu'il a dérapé dans des paris truqués. Il a changé de nom et de tête et maintenant il travaille au Pussy Cat Bar et personne ne sait qu'il a été l'ailier bidouilleur de Kloten.

Marcus m'a caché deux jours au Pussy Cat Bar et il m'a vendu pour 1200 francs un vrai passeport roumain fabriqué en Macédoine. Maintenant je m'appelle Tomi Botezariu. C'est le nom d'une famille rom qui vit sous le pont de la Jonction. Marcus fait des affaires avec Michou Botezariu, le juge de la communauté que tout le monde appelle le boulibacha. Le boulibacha ne m'a rien demandé parce que je suis recommandé par Marcus. Il fallait que je paie un prix de journée pour la location d'un lit et d'une petite armoire. Ils m'ont appris à rouler les r et à m'habiller un peu comme eux, avec un jogging Adidas bleu ciel et des traits jaunes et rouges. J'ai des chaussures de grimpe, un blouson vert bouteille à boudins. Je me rase un jour sur sept et j'ai laissé pousser mes cheveux. Et comme eux je mange des sandwichs au pâté-polenta-cornichons.

À cause des attentats, les Roms sont devenus des gens bien considérés à Genève. Avant ils étaient la sale race parce qu'ils mendiaient et ils envoyaient leurs gamins voler les bijoux dans les villas. Maintenant ils sont des bons migrés parce que le mal qu'ils font à la société comme chanter fort dans les trams et piquer les caddies de la Migros est rien par rapport aux attentats islamistes de Daesh en Europe.

Dans le dortoir du pont de la Jonction, j'aime bien m'allonger et regarder les gens qui vont et viennent à toutes les heures du jour et de la nuit. Il y a des fourgons qui se garent sur la route au-dessus. C'est la relève de la mendicité et de la razzia. Ils arrivent de Roumanie et d'autres rentrent chez eux avec 1000 francs dans les poches et ça fait vivre la famille pendant six mois. Des chiots pas plus gros que des boules de Berlin font le voyage aussi. C'est un trafic de bichons maltais revendus en Suisse 1500 francs le quatre-pattes.

Et un jour j'ai vu Livia.

Elle est comme une étoile du ciel, avec des yeux émeraude d'algazelle, des cheveux noirs comme la nuit et un quatre-roues pour se déplacer, deux grandes derrière, deux petites devant.

Elle est descendue de la camionnette portée par un adulte qui l'a posée sur son fauteuil roulant et elle a souri comme si tout allait bien dans sa vie. Plein de Roms étaient des faux handicapés mais pas elle. Une de ses jambes était pas plus grosse qu'une allumette. Elle avait une robe blanche avec des froufrous et un manteau d'Indienne avec des fausses plumes et des animaux peints dessus comme dans les grottes préhistoriques.

C'était une princesse.

On m'a dit qu'elle s'appelait Livia, qu'elle avait dans les 16 ans et que le boulibacha prenait soin d'elle parce qu'elle ramenait beaucoup d'argent à cause de sa voix. Elle chantait du Édith Piaf. Un Botezariu poussait son fauteuil jusqu'à la place du Molard ou devant la gare Cornavin et l'argent tombait comme chamelle qui pisse. La voix de Livia ouvrait chez les gens leurs vannes à sanglots.

J'allais écouter Livia discrètement planqué derrière les panneaux de votation. Et pour la première fois depuis longtemps j'ai pleuré pour autre chose que mes malheurs et mes morts, papa, Petite yemma, Samia, Baba saha et Natacha. J'ai pleuré comme tous les gens, pour quelque chose de beau, la voix de Livia.

Forcément elle m'a repéré.

Un soir, elle est passée à côté de mon matelas et elle a dit en roulant sans me regarder : « Si tu veux continuer à mater gratuit toute la journée, faudra que tu pousses mon fauteuil. »

Elle parlait bien le français sans doute parce qu'elle a appris toutes les chansons d'Édith Piaf.

Le lendemain, on est partis ensemble et je suis devenu son chauffeur.

On allait d'abord à la Douche contre la Misère derrière le jardin des Cropettes. C'est un endroit collectif avec une entrée pour les femmes et une entrée pour les hommes. C'était gratuit et on pouvait faire la lessive aussi. Livia y allait tous les matins. Elle m'a dit que je devrais faire comme elle. J'ai compris que je puais. Alors je me suis douché tous les jours. Je suis redevenu propre mais je gardais les cheveux longs et les joues mal rasées pour ressembler à un Rom. Le midi on mangeait au Club social de la rive gauche. Il y avait une soupe chaude, du pain, du fromage et une orange.

Le boulibacha m'aimait bien alors il m'a donné un travail compatible avec celui de chauffeur de Livia. J'ai vendu des livres presque neufs deux fois par semaine au marché de la brocante de Plainpalais. D'une main je poussais un caddie plein de bouquins, de l'autre le fauteuil de Livia. Elle chantait et je bradais à 5 francs les livres.

Et puis on a été un couple d'amoureux.

Elle a eu le coup de foudre quand je lui ai lu une phrase d'un livre de Jacques Prévert, quelqu'un que je ne connaissais pas. *Les enfants qui s'aiment s'embrassent debout Contre les portes de la nuit Et les passant qui passent les désignent du doigt Mais les enfants qui s'aiment Ne sont là pour personne Et c'est seulement leur ombre Qui tremble dans la nuit.*

Livia m'a demandé de répéter. Elle a pleuré.

« Approche-toi, elle a dit. Tu ne vois pas que je suis handicapée. »

Je me suis approché.

« Penche-toi. »

Je me suis penché.

Elle m'a embrassé sur la bouche. C'était mon premier baiser d'amour. Rien à voir avec Magic Mimi Fati qui embrassait comme elle pompait les zobus.

Là c'était doux comme de la mousse de rosée du matin dans la forêt.

Un mois plus tard, le
boulibacha a annoncé aux Botezariu que
l'on devait se marier pour ne pas vivre dans le péché.
Ils croient tous au Dieu des Croisés.

Un soir, ils ont envoyé flotter sur le Rhône des bougies et des fleurs. Deux Botezariu ont porté Livia dans l'eau et ils ont noué nos poignets avec un foulard rouge. Ils ont mis du riz dans nos mains et Livia a dû manger le riz dans ma main et moi dans la sienne. Ça voulait dire qu'on était mariés.

Après on a eu droit à une nuit intime. Ils avaient entouré notre matelas avec des draps comme sous une tente. Là-dessous, Livia m'a raconté l'histoire de sa jambe allumette. C'était un truc de naissance. Ça s'opère facilement mais ses parents n'avaient pas d'argent et puis ils ont pensé qu'elle ferait pitié et elle pourrait mendier sans en rajouter.

De l'autre côté du drap, quelqu'un a commencé à jouer de l'accordéon et un violon l'a accompagné. La fête commençait.

Livia et moi on a dormi serrés à nous étouffer.

J'avais mis mon réveil intérieur à 2 heures du matin. J'ai ouvert les yeux et l'âme pour penser à papa, Petite yemma, Samia, Baba saha et Natacha. Je leur ai dit que j'avais une petite épouse nommée Livia.

Les Botezariu chantaient, buvaient et pleuraient.

Ce fut l'une des plus belles nuits de ma vie. Il fallait en profiter parce que les malheurs ne sont jamais très loin et ils courent plus vite que moi.

Au mariage rom
La poule pond un lingot d'or
La lune fait un clin d'œil
La rivière roule des diamants
Le nouveau-né naît à moitié
Le corps sur terre
L'âme en mère

Les trains promènent
Des histoires d'amour
De solitude
Des départs
Pour le bout du monde
Là où il y a des dunes
L'océan
Et puis plus rien
Sauf peut-être
Un peu d'horizon

Marcus du Pussy Cat Bar a dit au boulibacha que deux types, des taqija habillés nickel, rôdaient aux Pâquis. Ils me cherchaient pour me défaire la carotide. Le boulibacha a décidé qu'il fallait que je me fasse oublier. Il m'a envoyé au cimetière des trains à Culoz, en France, pas loin de Genève. Il y a deux kilomètres de vieux wagons qui vont à la découpe dans une usine. Mais le patron n'a pas assez de main-d'œuvre alors il a passé un contrat au noir avec le boulibacha. Il laisse les Roms commencer à désosser les trains, récupérer les compresseurs, les déshuileurs, les batteries, les soupapes, les cartes électroniques, les joints... Tout ça c'est recyclé et ça se vend bien. Le contre-maître paie chaque désosseur 20 euros la journée. Pour que tous les Roms en profitent, ça tourne en équipe d'une semaine. Le boulibacha nous a emmenés dans sa camionnette. Les douaniers de Perly lui disaient bonjour comme s'ils étaient des kho. Un Rom m'a dit que le boulibacha était un indic des flics mais que moi je n'avais rien à craindre parce que j'étais devenu l'époux de Livia donc un intouchable.

Pendant que je désossais, Livia chantait matin et soir devant les grilles de la plus grosse entreprise de climatiseurs de France. La cheffe du personnel des climatiseurs disait que sa voix calmait les syndicalistes alors elle laissait faire. Livia avait comme un vrai public qui l'attendait. Même les femmes ou les maris des ouvriers venaient l'écouter. Ils ont organisé une cagnotte et elle a reçu la première fois 200 euros. Le boulibacha lui a laissé 50, ce qui était réglo.

On dormait dans les wagons-lits en attente de découpe. Avec Livia, on avait l'impression de voyager même si on voyait toujours la même chose dehors, les herbes pleines de rouille entre les rails et la montagne qui montait dans le ciel.

Pour rire, je demandais à Livia dans quelle gare elle voulait descendre le lendemain matin.

« Toutes sauf Bucarest.

– Pourquoi ?

– Parce que c'est la Roumanie et les Roms y sont maltraités plus que partout ailleurs. »

Et puis un peu de malheur m'est retombé dessus.

Un dimanche, il y a eu des élections en France. Le soir, des types sont venus avec des drapeaux bleu-blanc-rouge et des t-shirts noirs avec des têtes de mort dessus. Ils étaient une vingtaine, il y avait même des filles. Ils disaient qu'ils avaient gagné et ils criaient: «Les Roms, votre place c'est dans le four avec le romsteak.» Ils ont lancé des pierres contre nos wagons et un type a pissé sur le fauteuil roulant de Livia. On est sortis avec des couteaux. Ils ont reculé mais ils ont dit qu'ils nous donnaient huit jours pour dégager sinon la vermine serait gazée.

Le boulibacha a rappliqué avec deux camionnettes pour ramener tout le monde à Genève. Sauf Livia et moi. On allait monter dans un bus low cost parce qu'on était attendus à Goussainville, un village près de Paris où il y avait des Botezariu. Un neveu du boulibacha allait nous accueillir. Le boulibacha m'a donné un téléphone portable et il a filé 500 euros à Livia. « Une avance sur recette comme les stars. Ce sera votre voyage de noces», il a dit en pleurnichant. Et il nous a serrés fort.

Le problème est que Livia ne voulait plus s'asseoir sur son fauteuil roulant souillé par la pisse des nazis. Deux Botezariu ont été en piquer un dans une maison de retraités. Sur le dossier du fauteuil, il était écrit Résidence Cyclamen. Ils ont gratté avec un couteau pour effacer le début du mot et il restait amen. Le boulibacha a trouvé que ça faisait chrétien et donc respectable même s'il savait que moi j'étais un Sarrasin.

Le village de Goussainville est une ruine.

Les gens l'appellent le Vieux Pays.

Les Botezariu l'ont squatté mais aussi des écologistes et des punks zonards qui boivent de la bière et fument des pétards.

Dans les années 70 quand l'aéroport Charles-de-Gaulle a été construit, tous les habitants sont partis parce que 400 avions allaient passer tous les jours à 100 mètres des toits. L'aéroport a racheté toutes les maisons et les gens sont allés vivre dans les tours de la cité à côté. En réalité l'aéroport les a niqués parce qu'ils voulaient que les gens partent pour raser le village et construire des entrepôts. Mais c'est l'aéroport qui a été niqué parce que l'église était classée et en France on n'a pas le droit de démolir autour d'un monument historique. L'aéroport s'est retrouvé proprio d'un village vide.

C'est Lyubo, le neveu du boulibacha qui m'a raconté ça.

Il ressemblait à un combattant sumo et il passait toute sa vie dans un fauteuil. Il avait trois ou quatre téléphones qui sonnaient tout le temps et un russkiy toy qui est un petit clébard avec des oreilles comme des plumes de paon. Il lui manquait un bras parce qu'il était né comme ça, pas tout à fait fini disaient les Roms. C'est à cause des mariages consanguins entre cousins qui font des malformations chez les bébés. Livia avait ce problème-là mais elle avait toute sa tête et même plus parce qu'elle est super futée.

Les Botezariu squattaient plusieurs maisons et comme à Genève ça tournait. Les camionnettes venaient la nuit pour décharger et charger des gens.

Lyubo vivait dans une vieille ferme abandonnée et il nous avait installés dans une pièce rien que pour nous deux avec un lit, une armoire, une table et deux chaises. Le boulibacha lui avait expliqué qu'on était des privilégiés à cause de la voix en or de Livia qu'il fallait protéger de la poussière, des courants d'air et de l'humidité.

Livia avait réussi à être accréditée grâce à sa voix. Ça voulait dire qu'elle pouvait aller chanter dans les couloirs du Terminal 2E du Paris-Charles-de-Gaulle. Elle avait un badge et moi aussi parce que j'étais l'accompagnateur. Livia était entrée dans le programme *La musique adoucit les heures*.

C'est les aéroports qui ont inventé ça pour que les voyageurs soient moins stressés quand les avions sont en retard ou en grève. Elle est passée devant un jury. Il y avait un ancien pilote, un douanier, une vendeuse de parfum du duty free shop et une employée de l'entretien des toilettes. Ils l'ont applaudie et elle a eu un contrat de saisonnière. Elle a eu le droit de chanter deux heures par jour et de poser un chapeau pour recevoir de l'argent. Et ça tombait en averse parce qu'on avait choisi le Terminal 2E à cause des vols pour Moscou et Tokyo. Les Russes et les Japonais sont les gens de la terre qui aiment le plus Édith Piaf. Livia savait ça par expérience.

J'ai pu présenter Livia à ma famille parce qu'on était à une heure de notre cimetière en prenant le train RER et le métro. Livia s'est maquillée et elle a mis une robe achetée 12 euros à la friperie des Compagnons d'Emmaüs. Elle a lavé aussi son fauteuil roulant à fond. Elle l'a récuré avec une éponge, de l'eau et du Monsieur Propre qui est le nettoyeur ménager préféré des femmes Botezariu à cause du type sur l'étiquette qui montre ses muscles.

Quand le fauteuil a été nickel chrome, Livia a dit :

« Bon, on va voir ta famille ?

– Je te préviens, ils sont tous morts », j'ai dit.

Elle savait déjà tout cela mais elle a été quand même toute triste. « Pauv'amour », elle a soupiré.

J'étais heureux de la présenter à Petite yemma, papa et Samia. Eux aussi étaient contents. Petite yemma a dit que Livia était un amour, papa a dit qu'il était fier de moi et Samia a dit qu'il fallait que je l'emmène sur nos étoiles.

Livia m'a parlé un peu de sa famille. Elle avait deux frères plus âgés. Ils vivaient dans un camp rom près de la gare de Milan en Italie. Ils étaient spécialisés en vol de bagages. Ils arrivaient habillés en touristes avec des valises vides et ils repartaient avec des pleines. Ils étaient comme des prestidigitateurs. Quand une valise ressemblait à celle qu'ils tiraient, ils faisaient l'échange en douce.

J'ai revu Issam.

C'était comme un choc pour moi.

J'ai pensé qu'il m'avait cherché et retrouvé pour se venger de la trahison. Mais c'était du hasard. C'était au Terminal 2E du Paris-Charles-de-Gaulle. Il ne pouvait pas me reconnaître à cause de mon look rom. Mais moi je l'ai reconnu même s'il avait le crâne rasé et des petites lunettes rondes intellectuelles. Il conduisait une auto-laveuse. Je l'ai repéré parce qu'il portait la combinaison verte de chez Maxi'Super'Net qui est la société de lavage du Terminal 2E. Mais à la différence des autres laveurs, il n'y avait rien d'écrit sur sa combinaison et j'ai trouvé ça suspect.

Je l'ai vu arriver de loin, assis sur son auto-laveuse.

Les gens s'écartaient sans faire attention à lui.

Et puis tout à coup il s'est arrêté et il a fait le coup de la panne. Il a fait semblant d'essayer de la redémarrer, il en a fait le tour et il est resté longtemps à la regarder mais c'était de la mauvaise comédie.

Alors j'ai commencé à vraiment paniquer.

Il est allé voir un type du checking et il lui a parlé en montrant l'auto-laveuse. Le type du checking a fait un geste pour dire quelque chose comme pas de problème. Et Issam est parti. Moi, j'ai regardé l'auto-laveuse arrêtée au milieu des touristes qui parlaient surtout russe, et je me suis dit que j'avais entendu que les Russes étaient devenus les amis de Bachar al-Assad en Syrie et ils bombardaient le Califat.

J'ai entendu aussi Livia qui chantait La Foule et elle avait beaucoup de public. J'ai couru, j'ai pris le fauteuil de Livia avec Livia dedans et j'ai balancé les deux comme on balance une boule au bowling. J'ai hurlé : « Roule Livia, roule, ça va péter !»

J'ai vu aussi des enfants russes et une petite fille qui avait déposé 10 euros dans notre chapeau. Elle avait fait un bisou dans les plumes d'Indienne de Livia. J'ai crié en montrant l'auto-laveuse : « Bomba, bomba !!! »

Ç'a été la panique. Les gens partaient dans tous les sens.

J'ai couru pour rattraper Issam. Il marchait sans se presser. Je me suis souvenu que j'avais été un bouleur comme Zinedine alors je l'ai boulé dans le dos. Ça l'a couché mais moi aussi. Il m'a reconnu : « Tom algéri el munafik[1], tu fais quoi dans mes bras avec tes cheveux longs de meuf, t'es devenu pédé ? »

Il était comme halluciné avec des yeux voilés par la fatigue ou la dope. Il m'a dit qu'on devrait arrêter les effusions et dégager parce que ça allait péter dans les vingt secondes. Et qu'après il me tracerait un joli sourire kabyle à hauteur de la gorge.

[1] traître

Issam a détalé.

Moi aussi.

Et puis une boule de feu a explosé et elle a roulé jusqu'à moi mais elle s'est arrêtée à temps. Tout le reste était comme la fin de ma vie avec une marée de sang qui montait, des fauteuils, des valises, un bras, un pied, des tubes de fer et un distributeur de boissons qui me tombaient dessus et puis le silence mais au loin, dans le nuage de gravas, des gémissements qui faisaient mal à entendre. J'ai pensé à Livia. J'étais sûr qu'elle s'en était sortie parce que je l'avais envoyée rouler très loin.

J'étais tellement sonné que mon oreille a commencé à faire des bourdonnements de frelon. Les gens couraient partout. Ils cherchaient des sorties. C'était une foule recouverte de cendres et de sang, les cheveux comme des balais de riz.

Quand je suis sorti du Terminal 2E, j'ai vu plein de voitures de policiers qui arrivaient avec leurs sirènes. J'ai compris qu'ils remonteraient jusqu'à moi à cause des témoignages et de la vidéo-surveillance. C'est moi qui avais crié qu'il y avait une bombe et peut-être que j'avais été filmé par terre avec Issam. Ils sauraient vite que j'avais été le bouleur du roumi, le piégeur de cadavres en Kabylie et puis le taqija de Genève.

J'ai repéré un container de chantier. Je suis rentré dedans. Tout le monde avait dégagé à cause de la bombe. J'ai enlevé mon jogging, j'ai mis un pantalon fluo orange et une veste avec des bandes jaunes. C'était écrit De Abreu TP dessus. Il y avait un cabinet de toilettes. J'ai trouvé une trousse de secours. Avec les ciseaux, j'ai coupé mes cheveux n'importe comment. J'ai coupé aussi en petits morceaux mon vrai faux passeport roumain. Ensuite j'ai fait les poches de mon jogging. Il y avait environ 180 euros. Avant l'explosion, j'avais vidé un peu le chapeau. C'est le boulibacha qui nous avait conseillé ça à cause des types qui piquent l'argent des artistes de rue.

J'ai éclaté mon téléphone portable avec une pelle à cause de la géolocalisation. J'ai mis mon jogging dans un sac-poubelle avec mes cheveux et les confettis de mon passeport. J'ai pris un casque de chantier dans ma main, je suis sorti du container et j'ai balancé le sac-poubelle dans une benne pleine de pierres, de plâtre et de câbles.

Dehors c'était encore la panique. Les ambulances maintenant arrivaient. Je suis allé jusqu'à la gare RER. Les gens parlaient au téléphone, vite, les yeux tout rouges. J'ai dû attendre trois rames pour pouvoir monter. Dans la poche de la veste d'ouvrier, il y avait un livre. Le livre s'appelait *O livro de desassossego*. Le nom de l'écrivain c'était Fernando Pessoa.

Déflagration
Puis silence
Sidération
Réminiscences enfance
Maman, tiens ma main
J'ai peur de la flaque d'eau là
Rouge à cause de l'amaryllis en pleurs

Les déracinés
Plantent en cité
Des maisons de toile
Avec hublot
Pour voir les étoiles
Et le vol des oiseaux

Dans le RER, je pensais à Livia et j'ai pleuré. Les gens pensaient que j'étais choqué par l'attentat et ils me regardaient gentiment. Je suis descendu à Châtelet-les-Halles. Je savais que place de la Chapelle il y avait plein de migrés qui dormaient dehors. Lyubo ne voulait pas qu'on traîne là à cause des contrôles de police et des fouilles. Un Rom avec du fric plein les poches, c'est louche.

Rue Pajol, il y avait des tentes et des types assis par terre, des Noirs et des Arabes. J'ai demandé s'il y avait une place pour moi, juste une nuit. « On n'est pas un hôtel », a dit un grand Noir.

Il était habillé comme un militaire, avec un keffieh autour du cou.

J'ai sorti un billet de 20 euros. Le grand Noir a topé dans ma main et il a pris le billet. Il m'a dit que je devais être dans la merde parce qu'un ouvrier de chantier qui veut dormir chez des Nègres a des soucis dans la vie.

« Mais reste cool. Ça a pété dans un aéroport et cette nuit la police aura autre chose à faire que nous réveiller avec leurs lampions et leurs Rangers. Encore 20 euros et je te loue un couchage en polyester », a encore dit le type au keffieh.

J'ai sorti les 20 euros.

Il m'a dit qu'il voulait aller en Angleterre chez un cousin mais qu'il avait été refoulé trois fois dans un port qui s'appelait Calais.

« C'est quoi ton nom ? »

Je ne savais pas quoi dire alors j'ai pensé au livre dans ma poche.

« Pessoa.

– Tu est Portugais ? Tu sais que Pessoa ça veut dire personne en français ? Tu t'appelles Personne. »

Ça m'allait ce nom-là. On a mangé du poulet précuit. Les types avaient des portables et du wifi et ils ont lu que l'attentat avait fait douze morts.

J'ai demandé où il y avait une cabine téléphonique.

« Ton nom c'est Personne et tu n'as pas de portable ? Tu es cramé frère », a dit Keffieh.

J'ai appelé Lyubo. Mon cœur battait vite. J'ai demandé des nouvelles de Livia.

« Retour en Roumanie, c'est plus ta femme. Le boulibacha va lui organiser une tournée en Italie. Ta photo circule, tu es un terro. Livia a dit que tu lui as sauvé la vie mais la vérité est que tu es jihadiste. Les flics attendent ici et on est dans la merde parce que tu étais planqué chez nous. »

J'ai raccroché parce qu'il était sans doute sur écoute et les flics pourraient trouver la cabine téléphonique.

La nuit, des bénévoles humanitaires sont passés avec de la soupe, du pain et du fromage. Ils donnaient aussi des sacs de couchage, du savon, du dentifrice et des vêtements. J'ai pris deux pantalons, deux caleçons, un blouson, un pull, un bonnet et des gants. Et j'ai jeté la tenue d'ouvrier.

Le matin, j'ai demandé à Keffieh où était la mer, il m'a dit qu'il fallait suivre *The road to Calais* qui est fléchée pour les migrés. Je ne parlais pas de cette mer-là. Je pensais à la Méditerranée. Il m'a donné le numéro d'un passeur qui récupérait des types du côté de Nice. C'est à côté de l'Italie. Je l'ai appelé. Il a demandé 100 euros. Je suis parti la nuit d'après dans une camionnette où c'était écrit Fromagerie Chèvrefeuille. Il y avait quatre autres types, des Somaliens clandestins.

Je me suis fait arnaquer parce qu'en fait ils descendaient les migrés dans le Quercy. Je ne connaissais pas cet endroit-là mais j'ai appris que c'était dans le sud-ouest, pas au sud-est. Les Somaliens allaient travailler dans une ferme pendant une semaine à 3,70 euros l'heure. Le passeur m'a laissé dans un village et il m'a dit :

« Te plains pas, je t'ai rapproché et remercie-moi de t'avoir parachuté en douce à 600 kilomètres de tes emmerdes. »

J'ai marché la nuit et dormi le jour dans des écuries avec des moutons et des vaches. Je mangeais des fruits et des légumes crus. Je voulais rejoindre la mer et puis tourner à gauche pour retrouver Livia en Italie.

Mais ça n'a pas été comme ça. Ça s'est passé mieux grâce à Jean Mathieu le sorcier de la préhistoire qui lisait la vie des autres sur les lèvres de Laurisette, la fille de la grotte qui était son amoureuse.

Jean Mathieu m'a retrouvé, un matin, dans sa grotte. Il avait oublié de la fermer à cause de son grand âge qui lui fait perdre parfois la tête.

Je ne me souviens pas de ce qu'il s'est passé mais je manquais de nourriture et de sommeil. J'ai poussé une grosse porte verte cachée à l'entrée d'une forêt. Dans la grotte, il faisait bon. J'ai dormi par terre dans le sac à dos des bénévoles humanitaires. C'est Jean Mathieu qui m'a réveillé le matin. Il pensait que j'étais un SDF et puis il a dit non parce que les SDF ne peuvent pas passer à travers les portes.

« Elle n'était pas fermée à clé, je lui ai expliqué.

– Pas possible, je ferme toujours. Ma grotte est un coffre-fort de l'humanité, je n'oublie jamais de tourner la clé à double tour. »

À partir de ce moment-là, il s'est mis en tête que j'étais un Homo sapiens qui avait fait une chute de milliers d'années dans le temps et que ma saleté et ma mauvaise odeur étaient une preuve que le voyage avait été long.

Il m'a emmené dans sa maison qui est creusée à moitié dans une falaise.

Il m'a donné à manger des gros haricots avec de la sauce tomate et du lard et du saucisson. Un peu comme ce que cuisinait Baba saha sauf que là il y avait du cochon et pas de cumin. J'ai dit à Jean Mathieu que j'étais végétarien parce que je ne voulais pas manger de halouf.

« Végétarien ? Ça ne m'étonne pas. Les Homos sapiens bouffaient surtout des feuilles et des racines », il a répondu.

Après il m'a montré la salle de bain et il m'a donné des vêtements. Et puis on a encore mangé. Il a fait une grosse crêpe avec des pommes de terre et des pruneaux qu'il appelait la Pescajoune.

La vie a été tranquille pendant des jours. Jean Mathieu partait le matin dans sa vieille voiture pour aller faire visiter sa grotte préhistorique à des touristes. C'était son métier. Il faisait payer 9 euros l'entrée. La grotte de Jean Mathieu était la seule qui était privée dans la région parce qu'elle se trouvait sur le terrain de la famille. Gershwin, son chien labrador l'accompagnait. Il était lui aussi guide. Jean Mathieu lui passait un collier qui clignote et les visiteurs suivaient et ça permettait à Jean Mathieu de fermer la marche sans se presser.

Je me suis bien reposé. Et je donnais à manger aux poules, aux canards, aux lapins et je balayais dans la maison et dans l'écurie où il y avait deux vaches. Personne ne venait chez Jean Mathieu. Je me sentais en sécurité. Et j'avais beaucoup de temps pour penser à Livia et au moyen de la retrouver en Italie. Mais Jean Mathieu s'est occupé de ça aussi.

Comme j'avais l'air souvent malheureux, Jean Mathieu a décidé de me changer l'esprit et il m'a fait visiter sa grotte. Il y avait partout des stalactites et des stalagmites. Il y en avait deux séparées seulement de 58 centimètres et Jean Mathieu m'a dit qu'il fallait trois siècles pour qu'elles se rejoignent et qu'elles forment une colonne.

Il m'a fait voir des dessins d'un bison qui avait 15 000 ans, d'un ours qui ressemblait à Natacha, d'une vache, d'un mammouth et de plusieurs cerfs.

Il y avait surtout un visage de femme. « C'est Laurisette », a dit Jean Mathieu. Il l'a éclairée avec sa torche. Elle était plutôt moche avec des gros yeux noirs et un chignon de mémé.

Jean Mathieu m'a expliqué que Laurisette lui parlait. Je ne croyais pas à cette histoire-là. Un visage peint dans une grotte il y a 20 000 ans qui se met à causer, c'est de la magie noire. Comme les marabouts en Algérie qui étaient des mécréants disait l'émir Abou Yahia Ibrahim.

Pour que Laurisette lui parle, il fallait qu'il soit seul et c'était toujours tôt le matin. « Je croyais que je devenais fou. Sa bouche, elle bougeait, je te jure Homo sapiens. »

Elle lui a raconté plein de choses. Des visions comme quoi il devait faire attention à un vieil arbre qui allait tomber dans le chemin pour aller à la grotte, qu'une de ses vaches avait l'estomac retourné et que des gens très pauvres à Archignac, le village d'à côté, gagneraient au loto s'ils jouaient le 7-18-21-34-46-49. Jean Mathieu m'a dit que tout était vrai. Il a scié le vieil arbre, le vétérinaire a remis le ventre de la vache malade et dans le village tout le monde parlait d'un homme qui venait de perdre son travail, sa femme était morte d'un cancer au sein et il avait trois enfants dont un qui était handicapé autiste. Jean Mathieu lui a envoyé une lettre avec dedans les numéros du loto. L'homme a pris ça au sérieux parce que les journaux ont dit qu'il y avait eu un gagnant du loto à Archignac avec cinq bons chiffres et 100 000 euros direct sur le compte en banque. Laurisette s'était trompée d'un chiffre, ce qui n'était pas mal pour une peinture rupestre de 20 000 ans.

Pour moi, Jean Mathieu était un peu fou. Mais il était aussi très gentil et généreux. Je lui ai parlé de Livia en ne disant pas tout sur ma vie d'avant. Je lui ai dit qu'on était mariés mais qu'on nous avait séparés parce que je n'étais pas Rom à 100% à cause d'un peu de sang arabe. Jean Mathieu a répondu que cette histoire de sang différent c'était une imbécillité parce qu'on était tous des cousins.

« Chaque humain descend d'environ 4000 ancêtres au XVIIIe siècle, un million au XVIe et 4 milliards au XIIIe. C'est plus que le nombre d'habitants à cette époque sur la terre parce que nos ancêtres apparaissent plusieurs fois dans la généalogie à cause des mariages entre cousins proches ou éloignés. Ça veut dire que toi et moi on a forcément les mêmes ancêtres. »

Je n'avais pas tout tout compris mais j'ai bien aimé l'idée que dans le monde on formait une seule famille.

Jean Mathieu m'a promis de parler de Livia à Laurisette.

Pendant quinze jours, il ne s'est rien passé. J'ai même cru que Jean Mathieu avait oublié Livia. Le soir on mangeait du cassoulet au saucisson de bœuf. C'était hallal. Je mettais de côté le lard et je le donnais en douce à Gershwin qui est devenu très pote avec moi.

Un matin, Jean Mathieu m'a dit qu'il avait mis sa grotte en congé. Il a commencé à nettoyer sa voiture et il a fait la vidange et les niveaux chez un pote garagiste qui allait aussi nourrir ses animaux. Il m'a annoncé qu'on allait partir le lendemain pour une ville à 400 kilomètres au nord-est d'Archignac et qu'on allait prendre les petites routes parce qu'il n'avait jamais passé son permis de conduire.

« On va faire quoi là-bas ? j'ai demandé.

– Chercher ton Homo sapienne », il a répondu tranquillement.

Mon cœur a cogné fort.

« Tu... tu sais où elle est ?

– Moi j'en sais rien. C'est Laurisette qui m'a dit ça. »

Alors j'ai été découragé parce que je ne croyais pas à cette histoire de visions. Je suis quand même monté dans la voiture. Gerswhin est venu aussi. Il n'y avait qu'un siège à l'arrière pour laisser la place au fauteuil roulant de Livia. Jean Mathieu avait pensé à tout.

Pendant le voyage il m'a expliqué que Paray-le-Monial était une ville pour touristes catholiques à cause du Christ qui est apparu à une bonne sœur. Des pèlerins venaient de loin visiter la basilique du Sacré-Cœur. C'est pour ça que Livia pouvait être là.

On a dormi dans un hôtel près de la gare à 39 euros la nuit sans le petit-déjeuner mais avec une douche et les w-c dans le couloir. Je n'ai pas beaucoup dormi parce que je m'étais mis dans la tête que Livia était peut-être quelque part dans cette ville, pas loin de moi.

Le matin, on a établi notre plan. Jean Mathieu irait en éclaireur. Pas la peine de lui décrire Livia à cause du fauteuil roulant et surtout de sa voix. Je l'ai prévenu qu'il y aurait des Botezariu dans les parages qui surveillent le chapeau à argent. Moi je resterais caché parce que les Roms sont comme des profileurs et ils flairent tout à 50 mètres.

On a repris la voiture et on l'a parquée près d'un pont. On a suivi les panneaux pour la basilique. Plein de gens en fauteuil roulant étaient là pour tenter leur chance au cas où un miracle était prévu ce jour-là.

Moi j'ai eu mon miracle parce que j'ai entendu une voix au loin : *Mon Dieu mon Dieu mon Dieu laissez-le-moi encore un peu mon amoureux six mois, trois mois, deux mois laissez-le-moi pour seulement un mois.*

Livia chantait rien que pour moi.

Je suis resté sans pouvoir bouger comme si mes os étaient en pierre. Mais mon cœur, lui, était tout mou. Il battait au ralenti en faisant de gros BOUM gluants qui éclataient dans ma poitrine et ça m'étouffait. Jean Mathieu m'a secoué.

« C'est Homo sapienne ? il m'a demandé.

– C'est Livia, j'ai murmuré.

– Retourne dans la voiture et ne bouge pas, je reviens. »

Il est parti avec Gershwin.

Je n'ai pas tenu en place. J'ai fait cinquante fois le tour de la voiture et j'ai envoyé ricocher un millier de petits cailloux dans la rivière.

Ils sont revenus vingt minutes plus tard et Livia était là, dans son fauteuil roulant. Elle roulait à fond en tenant Gershwin en laisse. Jean Mathieu m'a dit de porter Livia dans la voiture et de laisser le fauteuil ici parce qu'on n'avait pas le temps de le monter. Il fallait dégager.

J'ai soulevé Livia en tremblant. J'étais tellement ému. C'était irréel comme quelque chose qui se passe vraiment mais qu'on ne vit pas en direct. J'étais détaché de mon corps comme si j'étais deux. Il y avait un autre Nassim, ou un autre Tom algéri, ou un autre Tom Botezariu, ou un autre Pessoa, ou un autre Homo sapiens. Je ne savais pas quel double était là, à porter Livia. Elle m'a serré fort en disant dans mon cou : mon amour. C'est comme ça que je suis revenu dans mon corps. J'étais son amour et cette identité-là a tout réglé.

Je l'ai posée à l'arrière de la voiture, Jean Mathieu a vite démarré et on n'a pas parlé jusqu'à ce qu'on soit sortis de la ville. Après je suis passé à l'arrière et j'ai embrassé Livia. On pleurait et on riait. Gershwin a essayé de se mettre entre nous pour participer à la fête. Je l'ai repoussé.

« Laissez-le faire, c'est lui mon sauveur, pas toi », a rigolé Livia.

Ils m'ont raconté comment ça s'était passé. Quand Livia a arrêté de chanter, Jean Mathieu a déposé une pièce dans le chapeau et il est allé vers elle et lui a expliqué qu'il devenait vieux et qu'il voulait lui offrir Gershwin parce que c'était un chien d'handicapé qui sait par exemple ouvrir les portes et les tiroirs, traverser sur les passages piétons et pisser sur les voitures mal garées sur les trottoirs.

Livia a dit :

« C'est gentil mais c'est votre chien, il sera malheureux sans vous.

– Il sera encore plus malheureux quand je serai mort. Avec vous, il aura encore de belles années car vous me semblez être une gentille personne », a répondu Jean Mathieu.

À ce moment-là, un Botezariu s'est approché et lui a demandé ce que voulait le vieux. Livia a expliqué en roumain. Le type a caressé Gershwin et lui a dit qu'elle devrait accepter parce qu'un chien ça sécurise et il pourrait surveiller le chapeau à argent.

Jean Mathieu a proposé à Livia de faire un essai pour voir comment on donnait des ordres à un chien d'handicapé. « Mais il faut y aller seule pour que le chien comprenne que c'est lui le guide et lui seul», a ajouté Jean Mathieu.

Le Botezariu a tiqué un peu et puis il a dit à Livia : « OK, va promener un peu ton chien.»

Ils se sont éloignés. Jean Mathieu a vraiment commencé à donner des conseils en disant par exemple à Livia qu'il fallait interdire aux gens de caresser Gershwin quand il était au travail pour ne pas le déconcentrer. Quand ils ont été hors de portée du Botezariu, il a vite dit qu'il y avait un autre animal à adopter, un jeune homme très impatient.

« C'est votre mari, je l'ai emmené avec moi, il lui a chuchoté.

– Tomi est ici, avec vous ? »

Alors Livia a enfilé ses gants et elle a poussé à fond sur les roues comme pendant les jeux para-olympiques que j'avais vus une fois à la télévision du Gai Logis du Bon Repos.

C'était la nuit de Noël.

Jean Mathieu nous a fait une surprise. Il a posé des bougies au fond de la grotte. Il a amené une table, deux chaises et des haricots rouges avec des poivrons et du saucisson de chevreuil. Gerswhin qui était tout le temps collé à Livia est venu avec nous. Jean Mathieu n'est pas resté parce qu'il allait à la messe de minuit.

J'ai eu du chagrin. J'ai pensé à Petite yemma, à papa et à Samia. On n'était pas des roumis mais Petite yemma faisait une bûche de Noël avec des amandes et des cacahuètes. Et elle mettait nos babouches à côté du radiateur électrique pour les cadeaux du Père Noël.

Livia a pensé à son village quand elle était petite. Les riches tuaient le cochon et ils donnaient des saucisses aux pauvres. Sa maman cuisinait des feuilles de choux avec la mamiga de polenta et ils trempaient la saucisse dedans.

Ça ressemblait aux nuits quand j'allais sur les étoiles avec Samia. Mais là il y avait des lumières bizarres à cause des stalactites et des stalagmites qui scintillaient. On a regardé les deux qui étaient les plus proches et qui étaient séparées seulement d'un demi-centimètre. Livia m'a dit que ce serait bien d'être là le jour où elles se rejoindraient.

– Ça risque d'être un peu long.

– Combien de temps ?

– Jean Mathieu dit que ça dépend, dans les deux heures ou dans les trois siècles.

Livia a souri. J'ai passé la main sur sa joue. Elle n'était pas froide parce qu'il fait toujours 18 degrés dans la grotte.

J'ai décidé de tout lui dire sur ma vie d'avant, le roumi boulé, les cadavres piégés et la cellule dormante.

Mais je ne lui ai pas raconté l'histoire sexuelle avec Magic Mimi Fati.

Livia se demandait comment j'avais pu garder dans ma tête tant d'infortune. C'était un drôle de mot, un peu vieux. C'était la traduction de *nenorocire* dans la langue des Roms. Ils disent souvent ça en tendant la main sur les trottoirs.

« Il faut partager la mémoire, c'est important, comme ça tu seras moins seul », elle m'a dit.

Et puis elle m'a raconté une histoire d'ange comme quoi quand un enfant vient au monde il connaît tous les mystères de la création de l'Homme mais dès qu'il sort du ventre de sa mère un ange pose le doigt sur sa bouche et il lui dit chut et le bébé oublie tout. C'est pour ça que les êtres humains ont tous un creux au-dessus de la lèvre supérieure. C'est la marque de l'ange pour garder les secrets du monde.

Jean Mathieu a réglé nos problèmes de papier grâce au sous-préfet de région qu'il connaissait bien. Un vendredi par mois, il venait faire des fêtes spéciales dans la grotte avec des amis. Leur truc c'était le sexe au temps de Cro-Magnon. Jean Mathieu appelait ça les partouzes préhistoriques. Ils s'habillaient avec des peaux de bison et ils niquaient en buvant du vin et en mangeant des entrecôtes de sanglier. Ils voulaient être comme leurs ancêtres et ils passaient d'une femme à l'autre. Ils venaient même avec des bâtons en forme de zobu de 20 centimètres comme des godemichés rustiques parce qu'au temps d'Homo sapiens les femmes s'en servaient quand les hommes partaient longtemps à la chasse.

En échange de son silence sur ses soirées de sexe primitif, le sous-préfet de région était gentil avec Jean Mathieu. Il fermait les yeux sur des choses comme les règles d'évacuation qui n'existaient pas dans la grotte et les impôts de commerce que Jean Mathieu ne payait pas.

« Je lui ai demandé de vous faire des papiers en règle. Il ne m'a pas posé de questions. Il tient trop à sa baise en grotte », nous a dit Jean Mathieu.

Avec Livia, on a pu construire notre vie un peu tranquillement. Mais il fallait rester discrets.

Personne ne pouvait nous trouver, ni le boulibacha, ni Issam ni le jihad islamique. J'avais entendu dans la télévision de Jean Mathieu qu'en Syrie le Califat était devenu pas plus gros qu'un confetti mais ce n'était pas forcément une bonne nouvelle. Plein de moudjahidin allaient revenir en Europe avec des faux passeports. Issam m'avait expliqué ça. Les types allaient couper leur barbe et jouer dans les quartiers les mouslims charismatiques qui rendent service à tout le monde.

Livia pensait qu'il y aurait peut-être de la vengeance en Roumanie contre sa famille. Des fois, elle était triste, des fois elle s'en fichait à cause de sa jambe mal foutue que ses parents n'avaient pas soignée quand elle avait été un bébé. Elle disait qu'elle leur enverrait de l'argent mais pour ça il fallait en gagner. Ce n'était pas difficile pour elle, il suffisait qu'elle chante. Le danger est que ça se saurait très vite s'il y avait une très jolie petite Rom en fauteuil roulant qui avait une voix qui faisait tomber les larmes. Ça viendrait aux oreilles des Botezariu.

Jean Mathieu a encore eu une idée de génie. Il a proposé à Livia de chanter dans la grotte quand il y avait des groupes. Les visiteurs allaient au fond là où ça ressemble à l'église des roumis. Il éteignait sa lampe torche et tout était noir. Livia venait avec son fauteuil et son guide Gershwin. Et puis elle chantait du Édith Piaf. Ensuite elle partait et Jean Mathieu rallumait sa lampe torche. Comme ça personne ne la voyait. C'était comme une voix enregistrée. Il disait aux gens que cette voix était un des mystères de la grotte et qu'ils pouvaient donner des euros en plus. Ils donnaient beaucoup parce que la voix de Livia résonnait tellement que la peau des visiteurs frissonnait et leurs yeux pleuraient.

Jean Mathieu m'a appris à faire pousser des tomates, des pommes de terre, des haricots, des carottes, de la laitue, du fenouil et du cresson.

Ça me plaisait parce que c'était comme créer quelque chose.

Il m'a expliqué que je pourrais aussi faire pousser du cerfeuil tubéreux qui est une racine qui a un goût sucré de châtaigne et qui vaut très cher parce que c'est difficile à cultiver. Les restaurants achètent ça 30 euros le kilo et ils le servent en purée avec le foie gras poêlé à la coriandre. Jean Mathieu en a cultivé mais il a arrêté parce que les restaurants ont commencé à en acheter qui arrivaient d'Ouzbékistan à 8 euros le kilo. Mais maintenant les restaurants achètent à nouveau local à cause des circuits courts écologiques. Il a demandé à Laurisette où il fallait planter les graines. Elle a répondu :

« Là où la ciboulette et l'ail prolifèrent, le cerfeuil est en bonne terre. »

On est donc allés préparer le terrain là où il y avait de la ciboulette et de l'ail. En attendant que ça pousse, Jean Mathieu m'a dit qu'il fallait que je parle à la terre tous les jours pour qu'elle devienne ma collègue de travail. Je lui parlais donc de Petite yemma, de papa, de Samia, de Baba saha et de Natacha et ça me faisait du bien.

La vie est devenue simple.

Je n'avais plus besoin de partir ailleurs.

J'étais Tom Mathieu et j'ai appris à partager ma mémoire avec Livia, ce qui était une façon d'être près d'elle car les confidences ça se chuchote.

Ensuite on restait dans l'intime et quand mon zobu entrait dans sa grotte humide, Livia disait que ça tournait un bouton qui allumait les étoiles. Je mettais des capotes pour ne pas faire d'enfants. Livia disait : « Les enfants ont besoin de parents qui ont une maison et un travail. On n'a pas ça, moi je chante dans le noir et toi tu parles à des légumes. »

Ça la faisait rire.

Le bleu nuit
Enveloppe
Les enfants
Endormis
Là-haut
Sur la tranche de lune

Le soir, quand il faisait beau, on allait jusqu'à la rivière.

Ça descendait sec et je m'asseyais sur le fauteuil et Livia venait s'asseoir sur moi. On dévalait la pente et les virages à fond. Mais un jour j'ai vu un malheur de plus arriver dans ma vie. J'ai vu au loin un vrai faux barrage du jihad islamique algérien et on y allait directement. Je me suis mis à pleurer. Livia ne me voyait pas. Elle riait fort à cause de la vitesse. Puis elle a compris que quelque chose n'allait pas. J'ai freiné à fond avec les pieds et on a valdingué dans le fossé. J'ai serré Livia et tenu sa jambe foutue. Je lui ai servi de matelas pour qu'elle n'ait pas mal.

Nos cœurs battaient fort. Livia m'a dit :

« T'inquiète pas, t'es deux maintenant, je suis là. »

Et Samia là-haut a répondu : «

Pas sotte la petite ! » J'ai vu tous les autres, Petite yemma, papa, Baba saha et Natacha qui souriaient. Livia aussi les voyait.

Gershwin qui commençait à s'inquiéter est venu voir ce qui se passait. Il s'est collé à nous.

Livia a dit :

« Invite-moi un jour au bal des étoiles. »

– T'as l'adresse ? » je lui ai demandé.

Elle a montré le ciel avec son doigt.

On a regardé là-haut. Livia a demandé : « Tu crois qu'il y a une rampe pour les handicapés et que les chiens sont acceptés ? »

Découvrez aussi la version originale
de *Cellule dormante*

Retrouvez tous nos titres sur :
www.editionsfavre.com